Magasin des Petits Enfants

Une Soirée dans le Monde des Chats

PARIS:

LIBRAIRIE HACHETTE & Cie. BOULEVARD St. GERMAIN, No. 79.

UNE SOIRÉE

DANS LE

MONDE DES CHATS

PAR H. F.

AVEC SIX GRAVURES COLORIÉES

PARIS

LIBRAIRIE HACHETTE ET Cⁱᵉ

79, BOULEVARD SAINT-GERMAIN, 79

1877

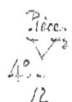

UNE SOIRÉE

DANS LE MONDE DES CHATS

UN THÉ EN FAMILLE

Monsieur et madame de la Gouttière étaient dans le monde des chats des personnages distingués ; ils menaient un grand train, habitaient un magnifique hôtel et voyaient tout ce qu'il y avait de mieux dans la haute chatterie.

Les bals et les soirées se succédaient chez eux, surtout pendant la saison d'hiver ; madame Minette de la Gouttière, issue de l'illustre famille des Garamagriff, faisait avec une grâce parfaite les honneurs de sa maison, et son mari n'était pas moins affable qu'elle, quoique ayant un certain âge, et ayant passé la plus grande partie de sa vie à la guerre, où il s'était acquis une réputation méritée de bravoure et d'habileté.

Pour achever le tableau de cette noble famille, ajoutons qu'elle était embellie et égayée par quatre jolis enfants : Dick, Black, Blanche et Doucette, qui étaient déjà passés maîtres dans l'art d'attraper des moineaux et de courir sur les toits avec une agilité merveilleuse ; ce qui prouvait leur bonne éducation.

Un soir que les de la Gouttière grands et petits prenaient le thé près d'un bon feu et dans une très-jolie chambre, la gracieuse Minette s'adressant à son mari : « Ne vous semble-t-il pas, cher ami, lui dit-elle, qu'il y a bien longtemps que nous n'avons donné de soirée. Nous avons été au bal des Moustachon, des Grippeminaud, des Raminagrobis, et nous ne leur avons pas encore rendu leur politesse. L'anniversaire de notre fille Doucette serait une excellente occasion pour réunir tous nos amis. — Très-volontiers, chère Minette, reprit le majestueux de la Gouttière ; faites les invitations pour le quinze de ce mois, et Raton notre valet de chambre les portera demain. »

LES INVITATIONS

La chose se fit comme il avait été convenu, et Raton, en valet de bonne maison, mit son bel habit rouge, avec sa toque de velours, ses grandes bottes à l'écuyère et son sac qui contenait les lettres d'invitation. Les premières personnes qu'il rencontra furent les demoiselles Moustachon, dont la toilette était ravissante. Certaines vieilles chattes, à la langue méchante, disaient même que les Moustachon élevaient leur fille dans un luxe que ne justifiait pas leur mince fortune, et que ces demoiselles, au lieu de s'occuper de choses sérieuses, passaient la meilleure partie de la journée à se lisser, à se bichonner, à se parer de belles robes, de beaux chapeaux, et le soir elles étourdissaient tellement le voisinage de leurs grands airs, que bien souvent on était forcé de leur imposer silence. Toujours est-il que tout en brillant par les charmes de leur personne et par leur talent musical, aucun chat sérieux ne voulait d'elle pour femme; il n'y avait qu'un vieux coureur d'aventures, nommé Matou, qui consentît à entrer dans la famille Moustachon.

LE FESTIN

Mais revenons à nos invités; tous furent enchantés d'aller à la soirée des de la Gouttière, et pendant huit jours les modistes, les couturières et les tailleurs furent sur les dents. A l'hôtel de la Gouttière il y avait pareillement une grande agitation, car les amphitryons voulaient que l'on parlât dans les journaux de la splendeur de leurs salons et de la richesse des toilettes. Vers huit heures, quand tout le monde fut arrivé, au lieu de commencer par la danse, comme cela se fait ordinairement, madame Minette introduisit ses invités dans une magnifique salle à manger où les mets les plus délicats étaient servis à profusion. On y voyait de succulents filets de bœuf, des pâtés de gibier, des gâteaux, des fruits, des confitures et surtout des crèmes à la vanille, au chocolat et au café, qui firent les délices de toutes les chattes, qui en mangèrent abondamment et s'en léchèrent les lèvres. A chaque instant, Fifi et Mimi, les femmes de chambre de madame de la Gouttière, apportent de nouveaux plats. Les conversations s'animent, chaque cavalier se montre des plus aimables auprès de sa voisine, et les histoires qu'ils racontent doivent être fort amusantes, à en juger par l'attention avec laquelle ces dames les écoutent. Voyez au milieu de la table la belle Malvina Moustachon, comme elle minaude avec son mouchoir; Matou, son prétendu, qui est à côté d'elle, lui dit sans doute des choses fort intéressantes, et je jurerais qu'il est question d'une partie de plaisir où le galant Matou doit accompagner les deux sœurs. Tout bon repas se termine par le café, et vous remarquez sur le devant de la table madame de la Gouttière, avec son chapeau à plumes, qui verse l'odorante liqueur dans de jolies tasses de porcelaine.

LA SOIRÉE

Une fois le café pris, la société passa au salon ; les personnages sérieux, à lunettes d'or, et d'un âge avancé, tels que MM. Garamagriff, de la Gouttière, Grippeminaud et Rodilard, se mirent à une table de whist. Vous les voyez les cartes à la main ; quel air grave ils ont! la chance ne paraît guère favoriser le vieux Grippeminaud, celui qui a un gilet rouge, car il fait une grimace de mécontentement en regardant son jeu. Quant aux dames, elles ont toujours tant de choses à se dire qu'il se forme de côté et d'autre de petits groupes où la conversation marche bon train. La vieille chatte à la robe jaune et la jeune personne qui lui parle sont deux Anglaises qui ont l'air très-affairées. « Figurez-vous, ma chère tante, dit Belle-Fourrure (c'est la jeune miss tout fraîchement débarquée de Londres), que la traversée a été horrible et que je n'ai pas discontinué d'avoir mal au cœur. Pour comble de mauvaise chance, j'avais à côté de moi dans le bateau un chat à la mine suspecte et qui me parut dès les premiers moments être un de ces pick-pockets que l'on rencontre trop souvent en Angleterre. Je me tins sur mes gardes, mais au moment où je détournais les yeux, il m'enleva un beau morceau de gâteau de Savoie que j'avais emporté pour mon voyage. Dès que je constatai le vol, je m'élançai à la poursuite du larron, mais le drôle était déjà au haut d'un mât. J'y grimpe pour l'attraper, il me reçoit à coups de griffe, puis il saute de cordage en cordage, et mange à mes yeux, en me narguant, mon bon gâteau de Savoie. — Vous devez concevoir le dépit que j'ai ressenti! j'en ai été malade pendant deux jours. — Mais c'est affreux ce que vous me racontez là », dit la vieille tante qui s'appelait Tabitha, « et j'espère que la justice enverra ce malfaiteur dans la Nouvelle-Calédonie. »

LE BAL

Au même instant on entendit dans le salon d'à côté l'orchestre du célèbre Miaulefort qui invitait toute la jeunesse à la danse. Un charmant cavalier, le jeune de Souricourt, pria Belle-Fourrure de danser une polka avec lui, notre Anglaise accepta cette invitation avec bonheur, car elle grillait comme toutes les chattes de la société de commencer le bal. Il fut splendide, les beautés les plus renommées dans le monde des chats y firent sensation par leur grâce, leur légèreté et leurs belles manières.

L'orchestre entraînant de Miaulefort électrisait les danseurs, et jamais, de mémoire de chat, on n'avait vu un si beau bal. De nombreux domestiques portant sur des plateaux d'argent des glaces, des sirops, du punch avec accompagnement de babas, de petits fours et de langues de chat parcouraient les rangs après chaque contredanse.

Les dames choisissaient de préférence les glaces et les sirops, mais les messieurs faisaient main basse sur le punch et les babas qui, du reste, étaient délicieux.

On dansa jusqu'à cinq heures du matin, et le bal se termina par un superbe cotillon que conduisait le sémillant de Souricourt. Il fallut enfin se séparer.

Les dames mirent leurs fourrures, les messieurs leurs paletots. On s'embrassa et l'on remercia les de la Gouttière de leur magnifique soirée.

8132. — PARIS — IMPRIMERIE DE E. MARTINET, RUE MIGNON, 2.

www.ingramcontent.com/pod-product-compliance
Lightning Source LLC
Chambersburg PA
CBHW061641180626
46818CB00005B/2440